雷特是個獅子小男孩。

他有個無論如何都非常非常

想要的東西。

小獅子的鬃毛

木果子／文圖　許婷婷／譯

如果我有了它，

看起來就更帥氣了。

好羨慕！好羨慕！我好想要喔！

如果我也有它的話，那該有多好呀！

「啊！怎麼只有爸爸才有！

太過分了，太過分了！

我也好想要像爸爸那樣的鬚毛！」

雖然如此，爸爸媽媽說現在還不是時候，叫我要忍耐。

可是我現在

馬上就想要……。

「算了，我的鬃毛

一定在某個地方

等著我！」

爸爸有，而我卻沒有，

這一定是哪裡出錯了。

鬃毛……鬃毛……

這個看起來如何呢？

這圍巾看起來好像

太鬆垮垮了。

花圈看起來似乎

太可愛了？

用羽毛做的裝飾雖然軟綿綿，

但是會輕飄飄的飛進鼻子裡……

哈啾！

游泳圈看起來又太遜了……。

看來看去好像沒有什麼適合

拿來裝飾的東西……

「咦？那個好像可以

試試看耶？」

「喂喂，你在做什麼呀！」

「這個剛剛好適合耶，
嘎吼！」

雷特每天滿腦子想的都是鬃毛。

在外面玩耍時想著，

下雨天在家

遊戲時念著，

連洗澡時也不例外，

就連上廁所時，

雷特也無時無刻不想著鬃毛。

「吼！雷特！你不要太過分喔！」

媽媽已經氣到快火山爆發了。

但是雷特還是

不想放棄。

他拿來一張好大

的紙剪啊剪⋯⋯。

然後拿起蠟筆在上面塗塗畫畫，

再用毛線和珠子黏黏貼貼。

快來看，大家快來看！

我變！

我的鬃毛！

我的特製橡果鬃毛！

文具盒

雷特來到公園跟朋友獻寶。

「哇，雷特有鬃毛了耶！好棒喔！」

「呵呵，看起來不錯吧，

我的鬍毛可是特製的喔！」

「雷特好像爸爸喔！

變成雷特爸爸了！」

玩扮家家酒時，

雷特當然是扮演爸爸的角色。

大家一起玩球時，

球一下子飛得好高。

「別擔心，我是爸爸，

這點高度我可以輕輕鬆鬆接到！」

可是雷特不僅沒接到球，還……

啊！

「我的鬚毛壞掉了啦！」

雷特嗚嗚咽咽的

哭著跑回家。

「我的……

我的鬃毛……

我的鬃毛啊……」

回到家時，一直哭個不停的雷特，

兩眼已經紅通通了。

「我的……我的鬃毛到底在哪裡啊？

我到底能不能變得跟爸爸一樣帥氣呢？」

「雷特，你過來這裡，把臉洗一洗。」

爸爸輕輕的叫住了他。

爸爸湊過來看著洗臉檯上的鏡子，然後說：

「雷特，仔細看！雖然還小小的，

但你的鬚毛確實已經長出來囉。

慢慢的，慢慢的……

你就會長成像爸爸一樣的

大人喔！」

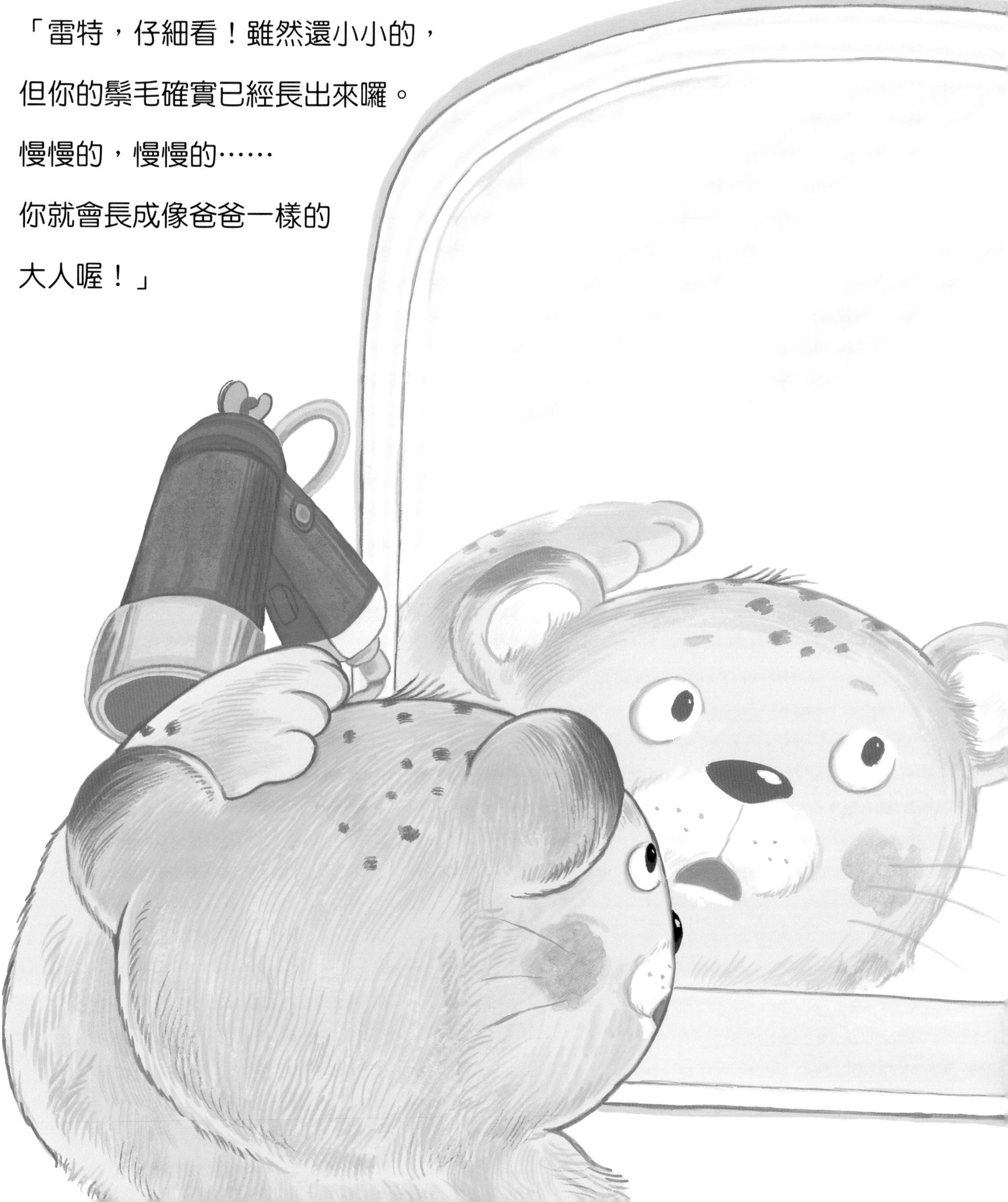

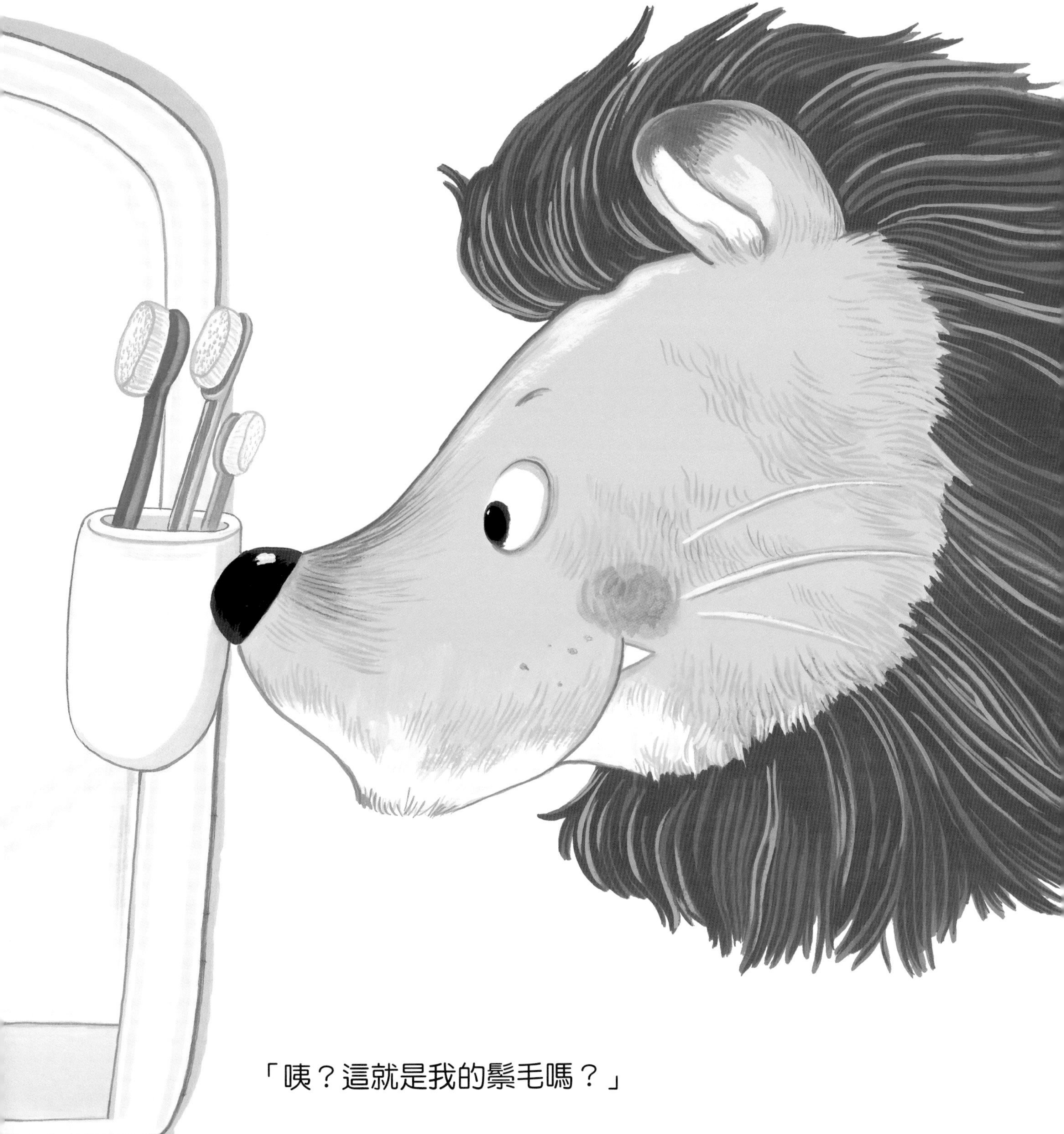

「咦？這就是我的鬃毛嗎？」

「長出來了！長出來了！

我的鬃毛長出來了！

我也可以像爸爸一樣帥氣了！」

雷特開心極了。

「雷特將來一定會成為更帥氣的大人。

我們非常期待喔！」爸爸笑哈哈的說。

後記

「好想趕快長大呀。」這不僅是小小雷特的夢想，也是我本人小時候的夢想。

因為我一直覺得長大之後，就可以穿上帥氣的鞋子，拿著包包，不用被別人催促「快點，快點！」而是可以自由自在的去自己喜歡的地方。對大人而言，孩子挺直腰桿，試圖穿上寬大的皮鞋，那副著急長大的模樣似乎是「可愛的、令人會心一笑的」；但對孩子們來說，這正是讓他們成為真正大人的華麗變身。

也只有在那個瞬間，孩子才能稍稍變身為大人。然而，我卻想看著緩緩成為大人的孩子們，不催促、不打擾，慢慢的定睛細看他們的成長。

木果子／文・圖

出生於廣島，現居於奈良。畢業於京都精華大學美術學系。繪本作家養成工作坊「後先塾」第十四期結業生。國際學院繪本教室修畢。

繪本作品包括：《倫巴的蛋》、《梅干君的家》、《小鬼摩奇：我敢去上廁所了》（光之國出版）、《麵包巴士》（教育畫劇出版）等。

© 小獅子的鬃毛　2019 年 3 月初版一刷

文圖／木果子　譯者／許婷婷
責任編輯／蔡智蕾　美術設計／黃顯喬　版權經理／黃瓊蕙
發行人／劉振強　發行所／三民書局股份有限公司　地址／臺北市復興北路 386 號
電話／ 02-25006600　郵撥帳號／ 0009998-5　三民網路書店／ **http://www.sanmin.com.tw**
門市部／（復北店）臺北市復興北路 386 號　（重南店）臺北市重慶南路一段 61 號
編號：S858761　ISBN：978-957-14-6589-0